KB274800

장인숙 시집

해마다 가을이 되면

서문당

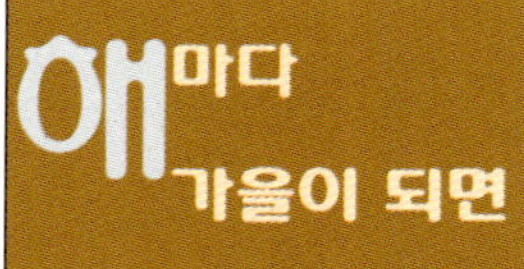

장인숙 시집 / 차례

4. 곱게 물든 가을잎 보며 · 77

5. 사랑하는 사람은 · 101

1. 연꽃초롱 꿈길인가

새해 아침

세월 다루기를
고운 비단실 다루듯 하겠습니다

1년이라는 수틀 위에
짜임새 있는 계획을 그려놓고
곱게 곱게 수를 놓겠습니다
연둣빛 봄속에 피어나는
분홍빛 살구꽃이며
녹음 우거진 여름산
뜰에는 빨간 장미꽃을…

여물어진 나락들의
황금 물결치는 벌판에
떼지어 날아다니는 가을 참새들이며

그리고
회색빛 겨울 하늘에서
예쁘게 쏟아지는 하얀 눈송이를

차분하게 그러나 푸른 희망으로
정성껏 수를 놓겠습니다

일출

새로운 날을
출산하기 위해
붉게 상기한 하늘

미래가 준비되고 −

아!
수평선 너머
새벽을 여는
해 뜨는 소리 들려오네

소녀의 꿈

달 그림자 아롱지는
호수의 잔잔함 속에
꽃을 기르는 마음이 있습니다

비록
바람에 나부껴야 하는
외로운 들국화
그러나 꺾기지 않는
하얀 의지를 기르는 마음이 있습니다

수정처럼 맑은 호수에
탁류가 흘러와도
외로운 들국화에
비바람 불어와도
백조의 깃털처럼 하얀 순결을
가슴에 고이 담고 살려합니다

흔적

눈 만나
눈 위에
발자욱 남기고

사랑 만나
마음에
그리움 남기고

만남과 인연
애초의 모습이 될 수 없는
지워지지 않는 흔적으로
삶의 테두리에
무늬를 놓는다

옛 꿈

어린시절에 놀던
동산이 그립다
주황빛 파고라마가 산언덕길가에 피고
분홍빛 패랭이가 잔디풀 사이에 피는 -

밤 이슬 속
여치와 풀무치가 울며
초가을을 재촉하는 귀뚜라미도
구성지게 울었지

오래된 묘 앞에
반듯하게 놓인 상돌
친구와 손잡고 버릇없이 앉아
달을 쳐다보며
까닭없이 슬퍼했던 낭만들 -

이제
어린 마음으로
그 동산을 오른다

기원

한 잎
두 잎
곱디 곱게도 골라 접어
분홍빛 피운
연꽃초롱 꿈길인가

고운님 이름 없고
미풍에 나부껴라
허허로움 밝혔서라

외롭도록 두 손 모아
고요로이 마음 모마
그윽한 향불 사르옵고
발원도 다소곳하거니

님이여!
나의 사무친 님이시여
환상의 진흙 속 헤쳐 나옵소서
어둠의 사바
정녕코
휘영청 밝혀 주오리

어머니

희끗 희끗 서리내린 머리에
빨간 스웨터를 입으신
일흔 네살의 어머니

하얗게 뿌리는
싸락눈을 맞으며
나와 함께
설악 약수터를 가시는 어머니

젊어서 못한 고생없고
못 참을 인내없이
5 남매를 길러주신 어머니

함께하실 날이
얼마나 되실까
산 언덕을 넘으시며
때때로 숨을 몰아 쉬시는 어머니는
퍽 늙으신 모습으로
내 가슴을 아리게 한다

제행무상이라 했던가
어머니와 걷는 이 순간도
뒷 날엔

바람에 흩어지는 구름이겠지

살아 오신 발자욱마다
피맺히지 아니한 곳 없고
살아 오신 손길마다
눈물 맺히지 아니한 곳 없는
우리 어머니
자랑스러우신 우리 어머니

어머니!
당신은 관세음보살의
화신불이시옵니다

보름날

문득
달력 보니
음력 보름날
오늘 밤
보름달 뜨겠네

잊혀가는 얼굴들
달빛에 적셔보며
멀어져 간 지난날로
가봐야겠네

동 행

그 사람
나 그리워하고
나도 그 사람
그리워 하네

두 그리움 엮어
하나된 그리움
마주 안으면
이별없는 동행으로
영원할 수 있을까

묵향

꽃잎 피워낸
아침 햇살이
창호에 가득하니
난 분에 뾰족히 솟은
연둣빛 촉들이 살포시 웃는다

차분한 마음으로
먹을 갈아
햇살 속에 묵향을 섞으니
깊고 깊은 은은한 향
어느 향인들 이만할까

묵서(墨書)

하얀 순결 위에
정연한 배열로
빛나는 흑진주들 –

묵향삼매
붓끝으로 피워낸
명상의 꽃

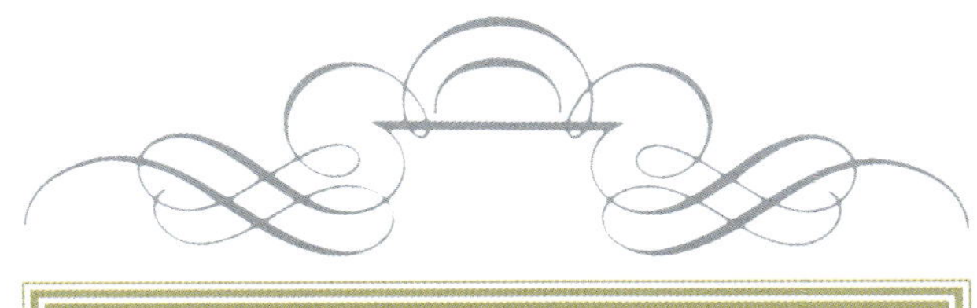

2. 흰구름 마주한 행복

당신을 위해

당신을 위해
꽃처럼 웃을까요

향그러운 라일락
순결한 하얀빛으로
어여쁜 보랏빛으로

그렇게
꽃 피우는 마음으로
늘 –
당신 위해 살고 싶네요

당신 머리
내머리
하얀 서리꽃 얹고
생을 다 할 때까지

봄 날

따뜻한 봄날
그이와 함께
야산 들녘으로
쑥 뜨러 왔습니다

벚꽃이 눈부시고
꽃다지 냉이꽃 풀꽃들이
앙증맞게 예쁩니다

그림같은 들녘 사이로
꽃바람 일으키며
전동기차가 지나갑니다

들녘의
주인공이 된
그이와 나

소쿠리에 쑥을 담고
봄 햇살도
가득 담았습니다

벚꽃잎이
바람에 꽃비되어
축복으로 내립니다

당신의 눈

이 마음
아무도 모르게
살짝 여는
당신의 눈은
열쇠

어느 초가을
열려진 마음이 부끄러워
가슴 뛰며 붉어졌던 얼굴

이 마음
아무도 들지않게
꽈—악 차지한
당신의 눈은
내 사랑

지향

해바라기는
해를 –

나는
그이를 –

마주하는 행복

기다림

화병에
꽃을 한아름

마음 뒤에
그리움 숨겨 놓고
왼 하루가
기다림으로 가버렸네

다붓한 밀어를
마련했던 가슴
남극의 빙하가 되었네

행복

잠이 멀어진 새벽
사색은 아름다운 화원으로 달린다

꽃이 되고
나비 되어
젊은 날에 못다한
꿈을 찾는다

책도 보고
글도 쓰고
음악도 감상하며
풀꽃같은 아련한 공상도 해 본다

가슴 안에 품은
행복의 씨앗
희망으로 움튼다

약수터

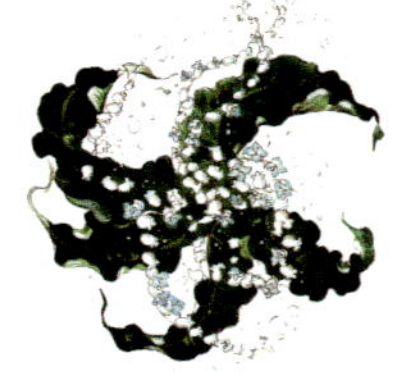

밤새 내린 비
촉촉해진 산야는
솔 내음이 그윽하다

몇 날을 안개 피우며
송홧가루 날리더니
분칠한 나뭇잎들은 빗물을 맞아
얼쑹 덜쑹 얼룩졌네

4월이 가니
진달래 지고
그늘 숲에 늦게 핀
잔잔한 흰 싸리꽃이
살짝 고개를 내민다

비 온 후라
더 푸르고 맑은 하늘
찔레순에 봉오리 솟고
지저귀는 산새들 소리

표주박에
샘물을 뜨고
행복을 뜨고

약수터 가는 길

약수터 가는 길
아카시아 꽃눈이
하얗게 내리네

5 월이 다 가는가
그리운 사람 보지 못한 채

산찔레꽃이
여기 저기 덤불지어
흐드러지게 피고
향내는 산야를 덮누나

뻐꾹!
뉘를 찾아 그리 우느냐
보고 싶은 사람
더욱 그리웁게 —

억새 이야기

노스님의
동화같은 억새 이야기를 듣고
새순이 자라도
자리 비켜주지 않는
풀이라 생각한
오해를 풀었습니다

어린 순이 자라
바람을 이겨 낼 때까지
혼신의 힘으로
바람막이 되어주려
죽은듯 죽지 못하고
마른 몸되어 살아 있는
억새 사랑이랍니다

나뭇잎

마른 잎들이
물위에 흘러가고 있다

흘러서
흘러서
가고있다

물살에 맴돌다
잠시 머무르며
하늘을 바라본다

새들과 함께한 푸른 노래
흰 구름과 마주한 행복
무한한 힘과 싱싱한 열정으로
어여쁜 열매를 키우던 보람된 나날들…

꿈같은 푸른 세월 뒤로
이제 세상 인연 물 위에 접고
한 잎 흔적으로
흘러서
가고있다

소망

조그마한 집
뜰에
채송화
백일홍
분꽃 등을 심어
얌전하게 가꾸고
나팔꽃 수세미도 서너 줄 올리고 –

밤 하늘에
별들을 헤이며
날마다
욕심 하나씩 내려놓고
가난스런 행복을 누리고 싶다

북경

거대한 자금성
북경의 얼굴인가
거리에 물결지는 자전거의 무리들
북경의 실핏줄 같아라

유명하다는 덕취전의 오리구이
얇은 전병에 싸서
배갈 한 잔에 넘기는 맛
일행들의 가슴에
정담으로 꽃핀다

바다가 변하여
뽕나무밭 된다 하였던가
이념을 초월하여
개방으로 변화된 북경
선잠 깬 마음으로 어렴풋이 느껴본다

오늘은 자금성을 보았으니
내일은 만리장성을 둘러보아
그 옛날 진시황의 꿈을 만나보리

권금성에서 -

케이블카로 권금성에 오르니
여기가 천상인가
건넛산에 오후의 연한 빛에 물든
병풍같은 울산바위가 신비롭고
내려다 보이는 산야가 그림 같구나

털보산장으로 가는길엔
가을 내내 떨어져 뒹군 낙엽들이
사람들 발길에 바스러져
낙엽솜이 되어 깔려있고…

정상에 가까이 오르니
오탁악세에 찌든 마음들이
소원을 기원하며 얹은 작은 돌탑들
여기 저기 줄지어 서 있네

타심통과 천이통이 되어서
저 많은 소원들
다 이루게 해줄 수는 없을까

근처 암자에서 들려오는
스님의 나직한 범성

잠시 선체로 두손 모은다

나무관세음보살 나무관세음보살

· 타심통: 남의 마음을 다 환하게 알 수있는 신통력(불교경전
　　　　에 나오는 용어)
· 천이통: 모든 것을 다 들을 수있는 신통력(불고경전에 나오
　　　　는 용어)

3. 꽃구름 피우며 타는 진달래

박꽃

남다른
참한 기다림이 있어
뜨거운 열을 피해
서늘한 저녁에만 피나보다

태양을 향해
다투는 눈빛들을
홀로 외면하는 고집을 지니고

초저녁 이슬 받아
간소한 화장에
알뜰히 매만진 몸매가 곱다

온통
하얗게 시도록
기다리는 바램이 있어
밤이 다 새어도
잠 못 이루고

동녘이 밝아야
소롯이 고개 사리고
하얀 외고집은 단꿈을 꾼다

모란

이른 봄
땅을 열고
모란은 5 월을 기다린다

화려하지도
잔잔하지도 않는
소담한 모습이
갓 시집 온 새악씨 같구나

5 월을 만나기 위해
많은 날에 준비했던
사모의 정
은은한 향기에 묻어둔
수줍은 가슴이기에
얼굴은 붉다 못해
자줏빛으로 타나보다

안개꽃

함박눈이 하얗게 쏟아지다
허공에서 멈춘듯
아리 아리한 송이 송이들

손끝 닿음에도
놀라 떠는 안개는
자신보다
남들을 위해 살고 싶어
가슴에 보살심을 품고
아름다운 원색의 꽃들을
더욱 돋보이게
하얀 너울되어 감싸주나보다

활연

옛 할머니들이
저승꽃이라 부르는 꽃
여러 고운 빛깔로
다투어 피지만
주황꽃이 더 저승꽃 같아라

매캐하고 아리한 향기는
벌 나비들에게 기쁨을 주고

작아진 연잎같은
조그맣고 아담한 잎
세상을
모나지 말고 둥글둥글 다듬으며 살아가라고
동그란 모습으로 생겼나보다

개나리

어느 양지바른 울타리에
정겹게 어우러져

긴 – 겨울을 참았노라
활짝 핀 노란 웃음들이
4 월을 눈부시게 하누나

진달래

알싸한 봄바람이 부는 야산
이곳 저곳에
얼굴 붉힌 소녀들이 무리져 있네

짝사랑 마음
애달파 붉어지고

소년의 눈빛으로 전해 받은
좋아한다는 마음
가슴 설레 붉어지고

마음가는 이에게서 고백 받은
사랑한다는 말
벅찬 가슴 가누지 못해 붉어지고

산야는
사모의 정으로 부끄러워진
소녀들의 얼굴이
붉게 붉게 꽃구름 피우며 타고있네

달맞이꽃

노란 비단옷 갈아 입고
님 오실 길목에
그리움 삭이며 서 있네

일각 일각 마음 조이며
기다리는 시간은 아승기겁
지금쯤 님은 어디에 오고계실까

밤이슬 내리고
풀벌레 소리 더욱 성하니
아! 찬연한 빛으로
중천에 오신 님

기다림 접어
옷깃 여미고
고운 자태 그대로 서서
님 맞이하는
달빛 사랑

호박꽃

이른아침
자그마한 단지에
서둘러 꿀을 담아 놓고
순박한 산골 아지매는
누구를 기다릴까

하늘대는 아양도
화려한 색의 옷 맵시도 없이
노란 수건으로
이슬 젖은 머리를 턴다

고픈이에게 베푸는 마음은
고픈 내 영혼이 채워져 가나니

꿀을 찾는 나그네에게
아낌없이 다 주고서야
조용히 꽃잎 닫는 너는
어떤 꽃도 따를 수 없는 아름다움이구나…

참나리

하고많은 날 중에
하필 장마철을 택하여 필까

동그란 암술하나
갸름하게 생긴
우단같은 자주색 수술 여섯 개

술에 취한듯
얼굴은 온통 주황으로 물들고
바람섞인 장마비에
큰 키를 지탱 못해
버팀목에 기대야 하는 너

먹구름 사이
잠시 햇빛 눈부시니
넌 어느새
자줏빛 점으로
개성있는 화장을 하고
호랑나비를 반기고 있구나

아카시아

몇날을 두고
그리 향기가 성하더니
하얀 꽃잎들은
어느새 낙화되어
이 가지 저 가지마다에 엊혀 있고
풀섶과 오솔길에도
하얗게 뿌려있다

주어진 삶
힘을 다 해
누리에 향기를 전해주고
세상 더없는 미련 버리고
조용히 누워있는 꽃잎들
지금 무슨 꿈을 꾸고 있을까

파꽃

정직한 선비의 정기를 받고 태어난
외줄기 곧은 파란 몸

하얀 타래모자에
생명의 까만 씨알
가득 담아 이고
미래의 꿈을 익히고저
줄기 줄기 모두 함께
하늘을 우러른다

국화

닥쳐올 추위의 위협을
체념 아닌
도전으로
서리 내린
아침 뜰에
너는 그렇게 도도하게 피어
가을 앞에 섰구나

튤립

긴 – 목
곱디 고운 얼굴

뭇 꽃보담
고귀한 자태

아마도
전생에
아릿다운
공주였나 보다

물망초

님 보낸
아린 마음

꽃망울 망울마다
맺혀진 그리움

잊자고
밤새 다짐한 체념은
아침 햇살에 사라지고

다시 기다리며
피어나는 소망이여!

보랏빛 가슴으로
애닯게 부르는
"그대 날 잊지마세요"

과꽃

햇살이 따가운
오후의 꽃밭

보랏빛 그리움
분홍빛 사모
연보라 낭만
연분홍 미소

고운 꽃잎 가지런히 펼치고
눈웃음진다

동글 동글
순한 얼굴
누나처럼 다정하다

봉선화

여러 꽃들과 어울려 있어도
없는 듯 나서지 않고 서서

누나의 예쁜 손톱에
빨간 사랑으로 살고 싶어
날마다 꿈이 깃든 꽃타래를
햇살 속에 피워낸다

연꽃

침잠된 오탁이 가득한
수심 깊은 못에
향 사르는 마음으로
연씨 하나 심습니다

향으로 번져가는 정심 [瀞湹] 에
투명하게 맑아지는 수심

기지개 켜며
씨눈 트고
별들이 내려 앉아
푸른 등 밝히며
날이 갈 수록
청정으로 결집된 뿌리는
울을 치고 뜰을 고르며
연못 안에 꽈악 들어섰습니다

사나운 바람과
눈비 쏟아지는
어둡고 어지러운 사바의 수면

둥근 미소에 분홍빛 자비로
연못 가득히 나투시는
천수 천안의 관음보살
중생 제도를 위해
이렇게 조용히 여명으로 오십니다

갈대

바람은
늘 -
가녀린 그의 몸을
흔들며 괴롭혀도
굽힐듯
쓰러질듯
힘들어 하면서도
항상
의연하게 중심에 서 있다

애초부터 누런 피부
젊음을 겸손하는
하심이 아름답다

4. 곱게 물든 가을잎 보며

가을이 가는 소리일까

창너머 보이는 가로수
어느새
잎들이 다 떨어져 가네
이제
며칠이면 남은 잎마져
떨어지겠지

나목되어
겨울을 견디어내는 가여운 나무들

위 – 잉
위 – 잉
바람소리가 대단하다

가을이 가는 소리일까
겨울이 오는 소리일까

아니
바람에 실려
세월이 가는 소리일까

해마다 가을이 되면

어느 가을날
곱게 물든 가을잎이
내게
아름다운 시집을 건네주며
시처럼 살라했습니다

들국화 피는 언덕에
그리움 찾아내며
문풍지 우는 겨울 밤엔
소복히 쌓인 눈길을 밟고
사박사박 걸어오는
설레이는 기다림도
가져보았습니다

시처럼
산다고 살다보니
풀잎의 이슬 방울도
눈물로 보이고
무심히 떨어지는 꽃잎 보며

다한 인연을
아파했습니다

해마다 가을이 되면
곱게 물든 가을잎이 주고 간
아름다운 시집을
열어봅니다

가을비

비가 내리네
우수수 –

거리엔 낙엽도 비되어 흩날리고
종일토록 그렇게
비와 낙엽이 함께 내리고 있네

아직도 비는 내리네
떠나기 싫은 가을의 눈물일까
내리는 이 비는

그리움

소나기 처럼

귀뚜라미 울음이 대단한 밤

뜰에 나가
하늘을 안으니
별이 빛나는 피안의 저편
그리운 얼굴 하나 돋고 있네

연인

비 오면
비가 와서

눈 오면
눈이 와서

기쁘면
기뻐서

슬프면
슬퍼서

언제나 이유를 담고
보고싶은 존재

밤 별

여기 저기 피어나는
밤 하늘의 별꽃은
사랑을 하고 있는 모든 연인들이
마음으로 쏘아 올린
그리움의 등불이다

하늘 뜰에 정답게 모여 앉아
사랑 이야기 소곤대며
저마다
제 그리움을 찾아
밤새도록 푸른 등불
꽃처럼 밝힌다

나이 들면

나이 들면
모든 일에
포용하는 너그러움이어야 하는데
별 일 아닌 일에
신경 세우고
하찮은 일에
노여움 불고
예전엔 가볍게 생각했던 감기도
두려움으로 다가오고
돌아가야 하는 길목이

어렴풋이 보이는 느낌의
그 초조함

가을잎처럼
곱게 물들이다가
낙엽되는 순리로
돌아가야 할텐데

설악

겨울을 안은
설악

산허리를 돌아
내려치는 북풍

눈덮인 숲은
백발을 휘날리고

아득히
이어지는 눈 길

기운 저녁 빛에
긴 - 수목 그림자

설악의 고독
설악의 침묵

가을 설악

어머니 가슴처럼
안겨도 안겨도 한없는 계곡
설악은 단풍을 마련하려나
푸름이 바래지고 있네

바위 사이에 살며시 피어난
하얀송이 구절초꽃
잊혀진 아련한
내 소녀의 세월이 보이고 —

비선대 고사목 한 그루
오랜 풍상이 엿보이고
큰 바위 큰 물줄기
예나 지금이나 여전하구나

가을 설악
살아 숨 쉬는
천연의 아름다운 병풍
세세 생생 영원하거라

'97 10 9

가을이 물든 산

이 곱게 물든 산이
산이 아니라
화가가 그려놓은
수채화가 아닐까
아니, 수채화가
산으로 화한 것이 아닐까

굽이치는 계곡마다
단풍이 물든 나무들
가을을 위해 합장을 하고있다

낙엽되어 떠나기 전
이별의 마지막 순간을 위해
나무잎들은 두손을 모으고
모두 모두 기도를 하나보다

낙화

향기 한 주머니 품은 꽃들은
봄 내내
향내 풀며 화사하게 웃는다

늘 – 봄일 수 없게
다가오는 세월
꽃들의 행복이 다 하려나보다

지난 가을 내내 성성하던 갈대 숲
밑둥에 어린 싹들이 힘으로 솟아오르는
씨방이 탄생하니…

하르르
한겹 꽃잎
욕망 접고 낙화

하르르
한겹 꽃잎
번뇌 접고 낙화

하르르
떠나야 할 때
떠날 줄 아는
꽃잎들의 낙화

황혼

공원에서 아름다운 모습 보았습니다

은빛 머리에 모자를 눌러 쓰고
힘겨운 팔을 서로 격려하듯
손을 꼭 잡고
천천히 또박 또박 걷는
나이 지긋하신 노부부

희노애락이 명멸하는
수많은 세월을 마주하며
머리가 하얗게 바래지도록
고단한 삶의 노를 저었으리라

바람에 나부끼는
꽃들도 아름답고
푸른 겨울 바다에 쏟아지는 함박눈
밤 하늘의 별들
그리고 무한한 가능성의 젊음도
아름답지만
걷고 있는 두 분처럼 고울까

덥지 않은 빛으로
저녁을 화려하게 빛내주는 황혼이

5. 사랑하는 사람은

첫사랑

새로 돋아난 순에
첫 이슬 만났네

별빛 타고 내리는
그리움 알게 되고
꽃물 번지는
아련한 기다림에
가슴엔 초롱불 밝히고 –

어린탓에
사랑인줄 몰랐네

만남이나 이별이
전생과 이어진
업연이라 하던가

짧은 필연
가꾸다 만 사랑

한겹
한겹
가슴 한 편에 쟁여 놓은
설익은 추억
덧없는 세월이
덮여가네

그리움의 불꽃

당신 만남은
내 인생에 분홍빛으로 수 놓아진
아름다운 아픔이었나 봅니다

만남이
아픔이었다 하더라도
당신 만나 사랑을 알고
당신 만나 그리움 알아
가슴에 기다림 심었습니다

꽃봉오리 피우지 못한 채
가을 햇살처럼
짧았던 사랑

가슴 깊은 곳에
꺼지지 못한 그리움의 불꽃
늘 – 연기를 피우는
눈물이 옵니다

꿈

새벽
꿈에 그 사람 만났습니다

나는 5 월의 신부같은
화사한 차림으로
그 사람과 손 잡고
마음이 푸르게 젖도록
오래도록 걸었습니다

잠이 깨었습니다
진달래 빛 행복이
꿈이였습니다

지긋이 깨어문 입술에
그리움이 멍울져
발갛게 물드는 새벽입니다

꿈 길

오랜동안 모아온 그리움을
꼭꼭 접어 눌러
가슴에 지니고
오늘 밤 꿈 속에
님 찾아 떠날까

허면
님의 꿈 속
내 있겠지

만나면
이 그리움 어떻게 전할까

아!
꿈 길로 떠나기도 전에
마음 벅차라

님

초여름밤 달무리

아침에 피는 나팔꽃 향기

여름날 새벽
애달픈 소쩍새 울음

산야에 향내 품어주는
하얀 찔레꽃

가을 나무 밑
이리 저리 뒹구는 낙엽

베토벤의 월광소나타

어느 것에든
깊은 정서로 스며있는 사람

달무리

우리진달
그림자하나
머무네
우님도
무님도
할수없는
그림자하나
머무네

울음 하련 장인숙

사랑하는 사람은

사랑하는 사람은
만나지 않아도
마음속에
늘 – 만나 있습니다

눈 감으면
생각 속에

잠들면
꿈 속에

언제나
가슴으로 전해지는
그리움이기에

사랑하는 사람은
만나지 않아도
마음속에
늘 – 만나 있습니다

당신은 별이되어

당신 옆에
자리를 마련하고
긴 – 이야기 나누고 싶은
밤이 있습니다

달빛이 그려주는
내 그림자 옆에
당신 그림자 있어야 하고
손길 찾아주는
살뜰한 정이 그리운데 –

당신은 별이되어
멀리 있습니다

달빛이 그려주는
외로운 내 그림자
영원한 이름으로
당신의 부축이 있어야 하는데

당신은 별이되어
멀리 있습니다

사랑

그 사람
달빛 안고 오셨네

그리운 마음이
석류알로 익어가며
부풀어진 가슴

다정한
눈빛에
알알이
선홍빛으로
쏟아지는
그리움

달빛 안고 온
내 사랑

등불같은 만남을 -

등불같은 만남을

어미닭이
포근히 품은 알
언젠가는 부화되어
새 생명 태어나듯

기다림 품고
해후를 소망하는
작은 가슴에
고즈넉히 찾아오는
등불같은 만남을―

눈은 내리는데

하늘의 슬픔이
하얀 눈으로 풀려 내리는 밤

눈 맞으며
호젓이 걷는다

멀리
어느 창문의 불빛이
행복으로 보이는데
눈보다
더 차가웁게
얼어 오는 가슴

아
내 가슴의 슬픔은
언제나 이 눈처럼
풀려 나올수 있을까

눈길에 이어지는
설움 고인 내 발자국

눈은 내리는데
눈은 내리는데

백설처럼 이슬처럼

백설처럼
이슬처럼
희고 맑게
마음 비워
당신 사랑 잊을래요

영창에
달빛 스미듯
가슴에 스며든
당신 마음
모두 보내 드릴래요

이별은
또다른 만남의
시작이래요

백설처럼
이슬처럼
희고 맑은 마음으로
당신 행복 빌겠어요

장인숙의 시세계

박 경 석
〈시인 · 한국시문학평론학회 회장〉

1. 감성과 은유의 조화

장인숙은 시인이기 이전에 서예인이다. 따라서 서예인이 갖는 온유하고 정숙의 색채가 곳곳에 스며있다. 엄밀하게 말해서 서예와 시 창작은 한가지 공통성이 있다. 가장 중요한 맑고 고운 정신세계와 지성을 필요로 하는 예술이기 때문이다.

다만 예술의 성격상 서예와 시가 다른 점은 은유법(metaphor)의 존재 여부이다. 서예에는 은유가 적용될 수 없지만 시에 있어서는 은유가 빛을 낸다.

단순 문장이 아니고 은근한 멋과 풍기는 여운을 느끼게 하려면 적절히 은유법을 적용해야한다. 은유의 사용에 있어서 의도적으로 은유를 삽입하려는 시도는 성공하기 쉽지 않다. 감성에서 샘솟아 물흐르듯 은유의 멋을 보이게 할 수 있다면 성공한 시가 될 수 있다.

그런 의미에서 장인숙은 성공적으로 시를 쓰고 있다고 평가할 수 있다. 시 전반에 걸쳐 감성과 은유가 적절히 조화를 이루고 있기 때문이다. 서예인의 침착성과 시인의 미학적 감성이 조화를 이루고 있음도 그녀의 장점이라 할 수 있다.

묵향

꽃잎 피워낸
아침 햇살이
창호에 가득하니

난 분에 뾰족히 솟은
연둣빛 촉들이 살포시 웃는다

차분한 마음으로
먹을 갈아
햇살 속에 묵향을 섞으니
깊고 깊은 은은한 향
어느 향인들 이만할까

〈시 '묵향' 전문〉

시 '묵향'에서 1연의 마지막 행 '연둣빛 촉들이 살포시 웃는다'와 2연 3행 '햇살 속에 묵향을 섞으니'는 과연 서예가와 시인의 재능을 유감없이 빛낸 은유법의 적절한 표현이다.

소녀의꿈

달 그림자 아롱지는
호수의 잔잔함 속에
꽃을 기르는 마음이 있습니다

비록
바람에 나부껴야 하는
외로운 들국화
그러나 꺾기지 않는
하얀 의지를 기르는 마음이 있습니다

수정처럼 맑은 호수에
탁류가 흘러와도
외로운 들국화에
비바람 불어와도
백조의 깃털처럼 하얀 순결을
가슴에 고이 담고 살려합니다.

〈시 '소녀의 꿈' 전문〉

소녀시절의 꿈 속에서부터 시인이 되기 위한 감성이 시심으로 싹 터왔음을 보여준 시 '소녀의 꿈'은 장인숙의 '꽃을 기르는 마음', '하얀 의지를 기르는 마음'에서 소롯이 엿보이고 있다. 아마 소녀시절부터 시인이 되고 싶었고 그 과정의 하나로 서예의 길을 걸어왔는지 모를 일이다.

2. 사랑을 그리는 미학적 시심

흔한 것이 사랑이라고 하지만 시세계에 있어서 사랑만큼 중요한 미학이 없다. 사랑이 배제된 시세계란 상상할 수 없는 영원한 숙제이다.

한때 이데올로기나 관념적 목적시가 바람을 일으킨 적이 있었지만 시 본래의 이상과는 거리가 있다.

시의 이상은 참다운 인류애의 구현에 있다. 도전과 절망 그리고 암울 따위는 시의 세계와 무관하다.

시는 오로지 사랑과 진실의 세계에서 사색하고 그 속에서 움터오르는 감성을 노래할 뿐이다.

따라서 긍정의 바탕 위에 사랑이 미학적 시심으로 성숙될 때 시는 꽃보다 아름답게 피어 오른다.

당신의 눈

이 마음
아무도 모르게
살짝 여는
당신의 눈은
열쇠

어느 초가을
열려진 마음이 부끄러워

가슴 뛰며 붉어졌던 얼굴

이 마음
아무도 들지않게
꽈 – 악 차지한
당신의 눈은
내 사랑

〈시 '당신의 눈' 전문〉

정열 넘치는 성숙한 여인의 사랑 고백이다. '당신의 눈'은 여인이 원하는 모든 것일수 있고 '꽉 – 차지한 당신의 눈'은 모든 것을 받아 드린다는 욕정의 은유일 수 있다. 플라토닉하면서도 또 다른 측면에서 에로틱한 양면성을 갖는 연가이다.

지향

해바라기는
해를 –

나는
그이를 –

마주하는 행복

〈시 '지향' 전문〉

사랑에 만족이란 드문 일인데 장인숙의 경우 사랑과 행복을 함께 차지한 파라다이스에서 살고 있음을 노래하고 있다.
간결하면서도 사랑의 시심을 유감없이 품어댄다.
이어서 시 '행복'에서는 마지막 연에서 다시 짙은 행복에 빠진다.

가슴 안에 품은

행복의 씨앗
희망으로 움튼다

3. 꽃의 진선미

꽃처럼 아름다운 것이 세상에 있을까? 많은 시인들은 꽃의 아름다움을 노래한다. 그러나 꽃보다 더 아름다운 것을 시인들은 노래하기도 한다.

꽃보다 아름다운 '사람' 꽃보다 아름다운 '마음'이라고.

그러나 원초적 의미에서 꽃은 아름다움의 대명사가 되어왔다. 아마 하느님이 아름다움의 증표로 꽃을 세상에 내려보냈는지 모를 일이다.

그러므로 꽃과 사랑은 인류에게 없어서는 안될 정서의 원천이요 삶 속의 희망이기도 하다. 꽃이 없고 사랑이 메마른 세상을 상상해 보라. 얼마나 상막할까.

장인숙은 시 전반에 걸쳐 꽃의 진선미를 사랑에 접목시켜 아름답게 노래하고 있다.

꽃을 사람으로 사랑을 꽃으로 의인화(prosopopoeia) 시키면서 시세계를 아름답게 꾸민다.

박꽃

남다른
참한 기다림이 있어
뜨거운 열을 피해
서늘한 저녁에만 피나보다

태양을 향해
다투는 눈빛들을
홀로 외면하는 고집을 지니고

초저녁 이슬 받아
간소한 화장에
알뜰히 매만진 몸매가 곱다

온통
하얗게 시도록
기다리는 바램이 있어
밤이 다 새어도
잠 못 이루고

동녘이 밝아야
소롯이 고개 사리고
하얀 외고집은 단꿈을 꾼다

〈시 '박꽃'의 전문〉

장인숙은 박꽃을 의인화시켜 박꽃의 삶 모든 것을 밝히는 기교를
선택했다.
　사람의 눈에 별로 띄지 않는 '박꽃'을 노래한 것이 특이하다. 그
러나 그 시를 여러번 읽어보면 '간소한 화장', '알뜰히 매만진 몸매
가 곱다', '하얗게 시도록' 등으로 미루어 화려하지는 않으나 청초
한 여인상을 연상케 하는 순백미를 추구한 것으로 볼 수 있다.

달맞이꽃

노란 비단옷 갈아 입고
님 오실 길목에
그리움 삭이며 서 있네

일각 일각 마음 조이며
기다리는 시간은 아승기겁
지금쯤 님은 어디에 오고계실까

밤이슬 내리고
풀벌레 소리 더욱 성하니
아! 찬연한 빛으로
중천에 오신 님

기다림 접어
옷깃 여미고
고운 자태 그대로 서서
님 맞이하는
달빛 사랑

〈시 '달맞이꽃' 전문〉

시 '달맞이꽃'은 꽃 자체에 초점을 둔 시라기 보다 꽃을 의인화
시킨 연가이다.

달맞이꽃을 통해 사랑하는 사람과의 그리움과 기다림 그리고 만남
을 노래하고 있다. 곳곳에 은유의 묘미가 살아있고 상징성이 뛰어난
다. 절절히 연인 기다리는 광경이 눈에 잡힐 듯 부시다.

국화

닥쳐올 추위의 위협을
체념 아닌
도전으로
서리 내린
아침 뜰에
너는 그렇게 도도하게 피어
가을 앞에 섰구나

〈시 '국화' 전문〉

일반적으로 꽃시는 꽃의 아름다움을 노래한다. 그러나 장인숙은
'위협, 체념, 도전, 도도하게' 등 꽃과 연관이 먼 어휘를 사용하고 있

다. 이 시를 그냥 흘러버린다면 별 뜻을 찾을 수 없지만 몇 번 다시 읽고 찾아보면 역설적으로 깊은 뜻이 있음을 발견한다.

이 시처럼 강렬하게 국화꽃의 아름다움과 위용을 표출한 시는 드물다. 가을과 맞설 수 있는 국화꽃이라면 얼마나 도도하고 그 위용을 뽑내고 있는가.

은유와 의인법 그리고 상징성이 뛰어난 작품으로 평가할만 하다.

4. 서정시(lyric poem)의 본체

노래 가운데 사랑노래만큼 많은 것이 없다. 아리아가 되었건 가곡 가요가 되었건 노래의 주제는 거의가 사랑이다.

그러나 가슴을 파고드는 진솔한 사랑노래는 흔치 않다.

장인숙은 사랑의 노래를 서정시로 엮어내는 기교를 보였다. 기교라고 표현하기보다 타고난 미학적 감성의 표출로 보고싶다.

시 '해마다 가을이 되면'은 서정시의 본체를 보는듯한 기쁨에 접한다. '가을잎의 의인화라던가 기다림과 간절한 그리움, 연인이 건넨 시집에 대한 애착과 함께 다한 인연의 아픔까지' 은유와 상징성이 사뭇 감동적이다.

시 '해마다 가을이 되면'을 맺는 말로 대신하며 시평을 마무리 하겠다.

장인숙 시인에게 갈채를 보내며 더 훌륭한 시인이 되기를 기원한다.

해마다 가을이 되면

어느 가을날
곱게 물든 가을잎이
내게
아름다운 시집을 건네주며

시처럼 살라했습니다

들국화 피는 언덕에
그리움 찾아내며
문풍지 우는 겨울 밤엔
소복히 쌓인 눈길을 밟고
사박사박 걸어오는
설레이는 기다림도 가져보았습니다

시처럼
산다고 살다보니
풀잎의 이슬 방울도
눈물로 보이고
무심히 떨어지는 꽃잎 보며
다한 인연을
아파했습니다

해마다 가을이 되면
곱게 물든 가을잎이 주고 간
아름다운 시집을 열어봅니다

소설가 · 한국소설가협회 최고위원
군사평론가협회 회장
(예)육군장성

시인의 말

첫 시집을 내면서

꿈을 이룬다는 기쁨이 지금 제가 느끼고 있는
이 기분일까요.
꽃으로 보면 아직 벙글지도 않은
어린 모습에 불과하기에 기쁨보다 부끄러운 마음
가득합니다.
소녀시절부터 한편 두편 습작으로 써 오던 시도
함께 묶어 이렇게 미숙하나마 시집을 내게 되니
이 가을이 왜 이리 설래고 더 아름다울까요
더욱이 예쁜 것을 보면 지나치지 못해 짬짬이 찍어두었던
서툰 사진들도 시와 함께 상재하게 되어 큰 보람을
느낍니다.
마음에 맑은 물 가득 담아 놓고 온전히 밝은 달을
띄울 수 있는 시를 쓰고 싶습니다.
늘 저에게 소녀의 마음으로 머물게 해주고
창문 열어 달빛을 들여 놓아 주는 낭만으로
한결같이 사랑과 배려를 해주는 남편에게
이 시집을 드리며 아울러 연로하신 어머님을 비롯해
주위의 모든분과 함께 이 기쁨 나누고 싶습니다.

2005 년 늦가을

하전 장 인 숙

시인의 약력

· 장인숙(張仁淑) 호 하전
· 서울 출생
· 서예인
· 월간 〈순수문학〉 등단
· 순수문학인회 회원

해마다 가을이 되면　　　　　　　　　값 8,000 원

2005 년 12 월 20 일 초판 인쇄
2005 년 12 월 25 일 초판 발행

지은이　장인숙
펴낸이　최석로
펴낸곳　서문당
121-843 / 서울특별시 마포구 성산동 54-18 호 동산빌딩
등록 / 제 10-2093 호
등록일자 / 2001. 1. 10
창업일자 / 1968. 12. 24
전화 / (02) 322-4916~8
팩스 / (02) 322-9154

ISBN 89-7243-617-8